Ahmed

sans abri

SUR LE CHEMIN DE L'ÉCOLE.
POUR MILAN, ANNABELLE ET MARGUERITE.

B.

En partenariat avec ASSOCIATION EMMAÜS

Pour l'achat de cet album
1 euro sera reversé
à l'Association Emmaüs
www.emmaus.asso.fr

Direction éditoriale : Christophe Savouré
Édition : Marion de Rouvray
Calligraphie : Nathalie Tousnakoff
Fabrication : Annie-Laurie Clément
Photogravure : Point 4
Impression : Deaprinting - Italie

Loi n°49-956 du 16 juillet 1949
sur les publications destinées à la jeunesse
Dépôt légal : octobre 2007
ISBN : 978 27404 2318 7
N°d'édition : M07151

www.editions-mango.com

BARROUX

Ahmed sans abri

Le matin, sur le chemin de l'école,
je passe toujours devant.
Mais il est trop tôt.
Il n'est pas encore arrivé.

Le soir quand je rentre,
Il est là,
comme d'habitude, immobile...

... Assis dans son coin sombre,
en retrait de la vie,
il observe.

Il me fait penser...

... Au roi d'un pays lointain,
d'un pays de sable et de vent,
de tissus brodés,
de parfums légers...

... Un pays d'oasis ombragés,
où les enfants courent pieds nus,
et je rêve.

« Mon père dit que c'est un essedé-effe.
Tu sais ce que c'est toi ?
– Oui, c'est un pauvre tout sale.
– Il est pas sale.
– Alors, c'est pas un essedé-effe ! »

L'HIVER S'INSTALLE...

À PARIS, LES S.D.F. CAMPENT DANS DES TENTES

DE FORTUNE SUR LES BORDS DU CANAL SAINT-MARTIN...

MANGER À SA FAIM EST UN PROBLÈME POUR CEUX QUI DORMENT DANS LA RUE...

« Papa, tu crois que lui aussi il dort sous une tente, au bord de l'eau, comme les Indiens ? »

ASTRO

M

La première fois que je l'ai vu debout,
il ressemblait à un géant, un ours, un ogre.

Mon père s'est écarté pour le laisser passer.

Il a aussi le pouvoir de se rendre transparent.
La plupart des gens passent sans le voir.
La gardienne du 21, elle, s'arrête parfois discuter avec lui en rentrant du marché.

Par tous les temps, il monte la garde.
J'aime bien savoir qu'il est là,
comme un ami fidèle.

Et un jour, c'était un jeudi... personne.
Le lendemain, pareil.
L'hiver touchait à sa fin.

Je ne l’ai jamais revu. Alors, je l’imagine...

... Très loin d'ici, assis à l'abri.
Son regard bienveillant posé sur le monde...
Il sourit.

L'HIVER A ÉTÉ RUDE. C'EST PAR UN MATIN DE FÉVRIER 2006 QUE LE CORPS D'AHMED A ÉTÉ RETROUVÉ SANS VIE, NON LOIN DE LA PLACE DE LA RÉPUBLIQUE, À PARIS.